Tucholsky Wagner Zola Scott Sydow Fonatne Freud Schlegel
Turgenev Wallace
Twain Walther von der Vogelweide Fouqué Friedrich II. von Preußen
Weber Freiligrath Frey
Kant Ernst
Fechner Weiße Rose von Fallersleben Frommel
Fichte Richthofen
Hölderlin
Engels Fielding Eichendorff Tacitus Dumas
Fehrs Faber Flaubert
Eliasberg Ebner Eschenbach
Feuerbach Maximilian I. von Habsburg Fock Zweig
Ewald Eliot Vergil
Goethe London
Elisabeth von Österreich
Mendelssohn Balzac Shakespeare Dostojewski Ganghofer
Lichtenberg Rathenau Doyle Gjellerup
Trackl Stevenson Hambruch
Mommsen Tolstoi Lenz Droste-Hülshoff
Thoma Hanrieder
Dach von Arnim Hägele Hauff Humboldt
Verne
Reuter Rousseau Hagen Hauptmann Gautier
Karrillon Garschin
Defoe Baudelaire
Damaschke Hebbel
Descartes Hegel Kussmaul Herder
Wolfram von Eschenbach Schopenhauer
Dickens Rilke George
Darwin Grimm Jerome
Bronner Melville Bebel Proust
Campe Horváth Aristoteles Voltaire Federer
Bismarck Vigny Barlach Herodot
Gengenbach Heine
Storm Casanova Tersteegen Gilm Grillparzer Georgy
Chamberlain Lessing Langbein Gryphius
Brentano
Strachwitz Claudius Schiller Lafontaine Kralik Iffland Sokrates
Bellamy Schilling
Katharina II. von Rußland Gerstäcker Raabe Gibbon Tschechow
Löns Hesse Hoffmann Gogol Wilde Vulpius
Luther Heym Hofmannsthal Klee Hölty Morgenstern Gleim
Roth Goedicke
Heyse Klopstock Kleist
Luxemburg Puschkin Homer Mörike
Machiavelli La Roche Horaz Musil
Navarra Aurel Musset Kierkegaard Kraft Kraus
Nestroy Marie de France Lamprecht Kind Kirchhoff Hugo Moltke
Laotse Ipsen Liebknecht
Nietzsche Nansen Ringelnatz
Marx Lassalle Gorki Klett Leibniz
von Ossietzky May vom Stein Lawrence Irving
Petalozzi Knigge
Platon Pückler Michelangelo Kafka
Sachs Poe Kock
Liebermann Korolenko
de Sade Praetorius Mistral Zetkin

Der Verlag tredition aus Hamburg veröffentlicht in der Reihe **TREDITION CLASSICS** Werke aus mehr als zwei Jahrtausenden. Diese waren zu einem Großteil vergriffen oder nur noch antiquarisch erhältlich.

Symbolfigur für **TREDITION CLASSICS** ist Johannes Gutenberg (1400 — 1468), der Erfinder des Buchdrucks mit Metalllettern und der Druckerpresse.

Mit der Buchreihe **TREDITION CLASSICS** verfolgt tredition das Ziel, tausende Klassiker der Weltliteratur verschiedener Sprachen wieder als gedruckte Bücher aufzulegen – und das weltweit!

Die Buchreihe dient zur Bewahrung der Literatur und Förderung der Kultur. Sie trägt so dazu bei, dass viele tausend Werke nicht in Vergessenheit geraten.

Die drei Freier

Levin Schücking

Impressum

Autor: Levin Schücking
Umschlagkonzept: toepferschumann, Berlin

Verlag: tredition GmbH, Hamburg
ISBN: 978-3-8472-7084-3
Printed in Germany

Levin Schücking

Die drei Freier

In der hochbelobten und uralten, des heiligen römischen Reiches freien Stadt Augsburg liegt noch heute am Weinmarkt und dicht neben dem Wohnhaus der weltberühmten Fugger ein Gasthof, der seit undenklichen Zeiten die beste Herberge geboten hat für alle Wegfahrer zwischen Alpen und Main- oder Rheinland. Er ist ursprünglich vor vielen Jahren, zu Caroli Quinti Zeiten, vom reichen Anton Fugger zu seinem Wohnhause erbaut, auch ist darin noch heute der Saal mit der überaus kunstreich getäfelten Decke aus geschnitztem Holzwerk zu sehen, in welchem der reiche Anton die römisch-kaiserliche Majestät bewirtete und mit des Kaisers Schuldverschreibung über viele Tausend Dukaten das Kaminfeuer entzündete. Nach des Fuggers Heimgang, nun auch schon, wie gesagt, seit vielen Jahren, ist das Gebäude ein Wirtshaus geworden, ansehnlich und groß, mit stattlichen Räumen und breiten steinernen Stiegen, und dazu versehen mit einem Keller voll der ausgesuchtesten und köstlichsten Weine aus Ungarland, Hispanien und Italien, so daß niemand, und reiste er auch durch das ganze weite Land der Deutschen, sich besser unterzustellen vermöchte, als bei den „Drei Mohren" in Augsburg.

Es war im Jahre als man schrieb 1700, um die Zeit jedoch, als schon das alte vor dem jungen Jahre, so da 1771 heißen sollte, zu weichen sich anschickte, in der Zeit zwischen der heiligen Weihnacht und dem Fest der drei Könige, was man gemeiniglich „in den Zwölften" nennt, es ist das die Zeit besondrer Andächtigkeit und der frommen Einkehr in sich selbst für die lebenden Menschen, aber auch die Zeit der Unrast und Unruh für alle die, so im Grabe noch keine Ruhe fanden und absonderlich die Art Unseliger, die nicht gern da vorübergeht, wo ein Kreuz errichtet ist, oder das geweihte Glöcklein einer Kapelle läutet.

Es hatte mehrere Tage geschneit, jetzt aber schien das Wetter sich allgemach umsetzen zu wollen, denn der Schnee begann sich unter den Füßen der ehrsamen Bürgersleute zu ballen, die über den Weinmarkt, nach St. Ulrich und Afras hoch in den Abenddunst aufragendem Münster in die Abendandacht schritten. Auch war die Luft plötzlich wärmer und feucht geworden, und ein grauer Nebel legte sich leis über die Dächer und quoll sacht in die Gassen nieder, daß die hohen Giebel der Häuser mit ihren Zacken und Zieraten durch den doppelten Schleier der Dämmerung und des Nebels wie hochaufgerichtete Lebewesen mit wüsten versteinerten Gesichtern aussahen, die nur noch das volle Nachtdunkel erwarteten, um sich aus der dichtgedrängten Reihe, in der sie zusammengeschoben standen, mit den Schultern loszuschütteln und, Gott der Herr weiß was, zu beginnen. Und jetzt sah man auch die Spitzen der Türme von Sankt Afra schon gar nicht mehr, so neblich und dunkel war es bereits.

Unter dem geöffneten Einfahrtstore der „Drei Mohren" stand Herr Winhold Eusebius Flachs, der Gastwirt, und überblickte den Weinmarkt, ob vielleicht noch irgend eine fremde Herrschaft zu Roß oder gar zu Wagen sich nahe, um Aufnahme unter sein gastliches Dach zu begehren, denn die Stunde war da, um die Torflügel schließen zu lassen.

Als er nun so dastehend den vorüberziehenden Kirchengängern, die von der Seite des Weberhauses herkamen, entgegen sah, blieb sein Auge auf einer fremdartigen Gestalt haften, welche sich von den anderen, so die Gasse belebten, sehr auffallend unterschied. Es war ein Mann in einem langen dunklen Talare, der sich langsam an einem hohen Wanderstabe weiter bewegte und so ermüdet schien, daß er einmal die rechte Hand ausstreckte, um sich an den Mauern des Hauses zu stützen, endlich, als er gerade dem schönen Herkulesbrunnen gegenüber gekommen war, blieb er ganz stehen, lehnte sich mit der Schulter an die nächste Mauer, krampfte seine beiden Hände um seinen Stock, ließ das Haupt auf die Brust sinken und schien es ganz und gar aufzugeben, sich noch weiter zu schleppen.

Die Menschen auf der Gasse warfen im Vorübergehen einen Blick auf ihn. Der eine oder der andere blieb auch einen Augenblick neben ihm stehen, – und schritt dann stumm und teilnahmslos weiter. Herr, oder wie man dazumal sagte, Monsieur Flachs aber rief, nachdem er diese Erscheinung eine Weile beobachtet hatte, seinen Hausknecht herbei und hieß ihn hingehen und dem müden, unglücklichen Menschen beispringen und ihn ins Haus holen, damit er doch nicht umkomme so in der Nacht und Kälte, mitten in der reichen Stadt Augsburg und dicht vor der Schwelle eines christlichen Wirtshauses.

Es wird ein Jude sein, – so schloß Monsieur Flachs nach dem
Aussehen des Mannes, und auch allein schon aus der Art, wie die
frommen Kirchgänger so recht wie christliche Samariter teilnahmslos und kalt an dem armen Teufel vorübergingen, aber es ist doch
auch ein Mensch, setzte Herr Flachs für sich hinzu, und oft haben
diese polnischen Langbärte mehr rote Füchse in der Katze, als die
gleißendsten Kavaliere.

Unterdes hatte der Hausknecht den ermatteten Wanderer erreicht, ein paar Worte mit demselben gewechselt, und kam nun, ihn
am Arme führend, langsam mit ihm dahergeschritten, bis sie unter
dem Torweg des Gasthofes standen.

Gott lohn's! Gott lohn's! – Ich bin müde! müde! müde! sagte hier
tief aufatmend und sich auf die Schulter des Knechtes stützend der
Fremde. – Laßt mir ein gutes Bett geben, Herr, und eine stille Kammer – ich kann es bezahlen – nur ein gutes Bett, – ich bin müde!
müde! müde!

Der Wirt warf einen prüfenden Blick über die Gestalt, die ihm
nun doch einen recht wunderlichen Eindruck machte. Der müde
Mann hatte einen langen, wirren, zerzausten Bart und ein schmut-
ziges, braungelbes, langes Angesicht, das wie von Wetter und Wind
gegerbt und beinahe so runzlich war, wie die Rinde eines alten
Baumes, sein Talar von schwarzem Zeuge sah wohl recht be-
schmutzt und abgeschabt und fadenscheinig, aber gar nicht zer-
lumpt oder zerfetzt aus, und alles in allem mußte Herr Winhold
Eusebius Flachs beim Anblick dieses wunderlichen morschen Gesellen an den toten Tilly denken, den er auch so halb vermodert und
halb vertrocknet mit seinem ledernen Gesicht einst in Altenötting
im Glaskasten liegen gesehen.

Führ' ihn hinauf und gib ihm, was er verlangt – laß ihn auch eine
warme Suppe und einen Nachttrunk haben, sagte Monsieur Flachs
zu seinem Knecht, nachdem er seine Musterung beendet, dann
setzte er, zu dem Wanderer gerichtet, mitleidig hinzu: auch wenn
du nicht mehr Reisepfennige hättest, als der ärmste Strolch auf des
Kaisers Heerwege, so solltest du in meinem Hause nicht Kälte und
Hunger leiden!

Der Fremde folgte dem Knecht und erhielt von ihm angewiesen,
was er verlangte, ein Kämmerlein mit einem Bette, die Speise und

den Trank, so man ihm anbot, wollte er nicht. Am andern Morgen um neun Uhr bat er nur, möge der Wirt zu ihm in seine Kammer kommen. Bis dahin sollte man ihn ruhen lassen – nur ruhen.

Am anderen Tage – es mochte neun Uhr längst vorüber sein, denn der Hospes zu den „Drei Mohren" saß eben mit einem Paar guter Gesellen unten in der großen gewölbten Gaststube beim zweiten Frühstück und hatte des Juden Bitte, so ihm gestern abend der Knecht hinterbracht, längst vergessen, – da trat dieser mit einem verstörten Gesichte hinter seines Herrn Stuhl und sagte leise:

Ich soll Euch zu wissen tun, daß der armenische Prinz Isaak Laquedem Euer allsogleich begehrt, Monsieur Flachs!

Wer? Bist du über Nacht simpel geworden, Georg?

Geht hin, Monsieur Flachs, und wenn Euch der Verstand nicht selber stille steht bei dem da oben, den Ihr gestern in Euer Haus aufgenommen habt, so könntet Ihr mich einen Simpel heißen.

Der Gastwirt begab sich eilig, von seinem Hausknechte geführt, auf die Kammer des Fremden. Aber nachdem er den ersten Blick auf diesen geworfen, sah er sich wie ganz und gar verdutzt in der Kammer um, ob er denn träume oder wache. Der alte todmüde Jude, den er aus Barmherzigkeit am Abend zuvor unter sein Obdach aufgenommen hatte, lag auf dem Bette vor ihm da als ein ganz schöner, kräftiger und noch junger Mann von höchstens dreißig und einigen Jahren. Monsieur Flachs hätte seinen Augen nicht geglaubt, aber vor dem Bette des Fremden lag dessen alter schmutziger Talar und ihm zu Häupten stand der große knorrige Eichenstock, an dem er sich gestern so mühsam weitergeschleppt.

Der Schlaf hat Euch sehr wohl getan, Herr! begann Monsieur Flachs endlich verwirrt und betroffen das Gespräch.

Das hat er, versetzte still lächelnd der Fremde. Ihr habt gute Betten in Augsburg und deshalb gedenke ich auch noch geraume Zeit auf den guten Pfühlen Eures Hauses auszuruhen, Herbergsvater. Laßt mir dazu aber Eure besten Gemächer herrichten. Ich war gestern zu müde, als daß ich mit Euch rechten mögen, weil Ihr mich in dies schmale Kämmerlein weisen ließet. Auch mag ich eben nicht ganz reputierlich ausgesehen haben in dem zerrissenen und beschmutzten Anzug, in dem ich bei Euch anlangte.

In der Tat, sagte der Wirt, und deshalb müßt Ihr's nicht verübeln
– hättet Ihr nur ein Wort gesprochen –

Laßt es gut sein, ich verzeihe es Euch, antwortete der Fremde
gnädig. Ihr müßt wissen, daß ich gestern auf meiner Reise im Walde
vor Zusmarshausen von einer Bande Strauchdiebe unerwartet über-
fallen, elendiglich niedergeschlagen und schändlich ausgeplündert
worden bin. Meine Diener sind alle tot auf dem Platze geblieben,
Habe und Gepäck haben die Mordgesellen mir geraubt und mit
meinen Pferden sind sie auf und davon gesprengt. So ist es! Ihr habt
schlechte Streckenreuter und Aufsicht hierzulande, wenn so etwas
im Reiche meines Vaters, des Großfürsten von Armenien vorkäme,
so stäken die Strolche drei Tage nachher am Pfahle!

Ei, ei, ei! bedauerte kopfschüttelnd Monsieur Flachs und setzte
dann hinzu: Seine Gestrengen, der regierende Herr Bürgermeister
wird sicherlich sofort nach geschehener Meldung ein Schreiben an
den Herrn Fürstbischof nach Dillingen ergehen lassen, mit dem
Ansuchen, Euer Hoheit Genugtuung zu verschaffen.

Glaubt Ihr in der Tat? Mehr kann man nicht verlangen. Des gnä-
digen Bischofs Mannschaft wird dann, wenn sie wacker hinterdrein
ist, binnen kurzem ganz genau den Platz entdecken, wo die Sache
vorgefallen. Und weiter nichts. Des muß ich mich denn wohl ge-
trösten! Aber Ihr begreifet jetzt, Herbergsvater, weshalb ich aussah
wie ein alter Jude, als ich gestern, an allen Gliedern zerschlagen und
durch den Schmutz gezogen, bei Euch anlangte. Was aber das Beste
ist, so habe ich vor den Wegelagerern noch immer einen Notpfennig
gerettet, daß Euch um meine Zeche nicht bangen braucht. Und so
höret, was ich von Euch begehre: Zuerst laßt mir einen Bartputzer,
einen Gewandhändler und einen Schneider kommen, sodann be-
stellt mir einen Rossehändler. Haltet mir stets auch eine Sänfte mit
vier Trägern bereit und schaut Euch nach einem Paar zuverlässigen
Männern um, die Ihr mir als meine Diener empfehlen könnt. Endlich richtet Euren besten Saal her und laßt ein Mahl für drei Gäste
bereiten, so gut es nur immer Eure Küche und Euer Keller vermö-
gen. Ihr könnt um die Abendstunde die Ankunft von zwei Herrschaften erwarten, die mich hier aufzusuchen kommen und ihr
Absteigequartier bei Euch zu nehmen gedenken.

Görg, der Knecht, hat wohl recht gehabt; dem Gastwirt stand bei allem diesem nach und noch der Verstand vollkommen stille, und er stand eine Weile, ohne zu antworten, da, mit großen Blicken den Fremden anstarrend. Dieser, schien es, gab seinem stummen Erstaunen eine falsche Deutung. Er griff, sich halb erhebend, nach seinem Talare, der auf dem Schemel vor seinem Bette lag, fuhr in die Tasche des Gewandes und holte eine Handvoll funkelnder Goldstücke heraus.

Wollt Ihr ein Dutzend davon im voraus? fragte er lächelnd. Es scheint, Ihr haltet noch immer den Prinzen Isaak Laquedem, den Sohn des Großfürsten von Armenien, für einen armen Wegfahrer!

O nein, Eure Hoheit, – ich eile gleich, alle Eure Befehle zu erfüllen, versetzte errötend Monsieur Flachs und verließ schnell das Schlafgemach des Fremden, um alles, was gesunde Beine im Gasthof zu den „Drei Mohren", aufzubieten und außer Atem zu versetzen.

Bei alledem hatte der müde, alte Wanderer, der über Nacht ein schöner junger Prinz geworden war, nicht ganz Unrecht gesehen, wenn er, etwas wie Ungläubigkeit und Mißtrauen aus den Zügen des erstaunten Monsieur Flachs zu lesen gemeint. Der Argwohn, daß ein Abenteurer ihn zu prellen beabsichtige, schlich sich, sobald er allein war, wieder bei ihm ein und lag auch zu nahe, um nicht sehr verzeihlich zu sein. Monsieur Flachs bereute in kurzer Frist, die angebotenen Goldstücke nicht genommen und ihre Echtheit geprüft zu haben. Lange, das versprach er sich aber, werde er nicht der Narr eines pfiffigen Glücksritters und Betrügers sein, höchstens bis zum Abend, dann mußte es sich ja auch zeigen, ob die angekündigten Herrschaften wirklich einträfen oder nicht.

So stand er denn um die Dämmerungsstunde erwartungsvoll wieder unter der Haustüre und blickte den Weinmarkt hinauf und hinab. Die Straße bot heute nicht mehr den Anblick von gestern; die weiße Schneedecke, die den Boden überzogen, hatte sich in nassen Schmutz und Wasser aufgelöst und ein warmer Südwestwind warf von Zeit zu Zeit schwere Massen des Schnees von den Dächern klatschend auf die Gassen und in die Höfe nieder.

Herr Flachs schaute nach allen Seiten aus, aber er sah und hörte nichts von den angekündigten Gästen. Er wollte bereits mißvergnügt ins Haus zurücktreten, als er plötzlich in der Ferne ein Gerassel und Gerumpel wie das einer schwerfälligen Karosse wahrnahm, wenige Augenblicke darauf zeigten sich in der Tat aus der nächsten Quergasse biegend die Vorderpferde einer vierspännigen Reisekutsche, die in langsamen Trab, wie vom roten Turmtor herkommend, über den Weinmarkt bogen und dann geradewegs den „Drei Mohren" zulenkten. Es war ein merkwürdiges altes, mit Schnitzwerk und bunten Farben bedecktes Gerüst von einem Reisewagen, das Riemenwerk war so dick, als ob es aus Elens- oder Büffelhaut geschnitten, und das ganze hatte eine so ehrwürdige altertümliche und fast lächerliche Gestalt, daß man hätte glauben können, es habe schon vor einem Jahrhunderte gedient, oder die Königin Berta mit dem Gänsefuß habe gar schon ihre Wochenbettvisiten darin abgefahren. Die Pferde aber waren vier ganz gewöhnliche Fürstlich Thurn und Taxissche Postklepper.

Als der Wagen vor dem Tore der „Drei Mohren" hielt, stieg ein stämmiger Diener vom Bocke herab, riß eifrig den Wagenschlag auf und half einem kräftig gebauten Manne von mittlerer Größe, von blonden Haaren und großen Augen, aber ganz dunkler, wettergebräunter Hautfarbe, aus dem Wagen.

Ein Quartier für Seine Exzellenz, den Herrn Admiral van der Decken aus Batavia! sagte der Diener, während sein Herr mit wankendem Seemannsgange ohne Gruß an dem Wirt vorüber in den Torweg schritt.

Monsieur Flachs machte seine schönsten Bücklinge und bat die Exzellenz untertänigst, ihm zu folgen. Er schritt die Stiege hinauf und führte, wie es der Prinz von Armenien befohlen, den Fremden sogleich in den großen schönen Fuggersaal, wo das Mahl bereitet war und ein großes lustiges Feuer im Kamin prasselte. Aber kaum hatte er noch vor dem neuen vornehmen Gaste die beiden Flügeltüren des Saales aufgeworfen, als ein gewaltiges Pferdegestampf und Halloh von unten heraufschallte und ihn zurückrief. Er lief eilfertig die Stiegen wieder hinab, zu schauen, was es gäbe, da fand er den Torweg von vielen Sattel- und Saumrossen eingenommen, und von dem schönsten derselben, einem hohen feurigen Schimmel, stieg just eine schlanke, ritterliche Männergestalt, gekleidet in grünes Tuch, das rings mit schmalen goldenen Borten besetzt war, einen dreieckigen Hut mit grünen Federn auf dem Haupte und an der Seite, an einem goldenen Gurt einen kostbaren Hirschfänger mit goldenem Gefäße, das aus den Falten des weiten, langhin nachflatternden Mantels hervorschimmerte. Sein Gesicht war lang und sehr hager, aber ausdrucksvoll und edel geschnitten und seine Augen blitzten so düster vornehm unter den buschigen schwarzen Brauen hervor, – weiland der Ritter Parzival oder der tapfere Bayard konnte nicht vornehmer aussehen.

He, Hollah! Wirt! brüllte einer von den Reitknechten aus dem Gefolge, so laut, als ob er hier, in dem geschützten Torwege, gegen den Sturm anschreien müsse.

Hier! hier! Was steht dem Herrn zu Befehl? rief Monsieur Flachs herbeistürzend.

Seine Exzellenz, der Oberjägermeister von Rodenstein will Eure Herberge beziehen.

Es ist alles bereit! rief Monsieur Flachs ganz aufgeregt und sich einmal über das andere verbeugend aus – belieben Eure Exzellenz mir zu folgen: Seine Hoheit, der Prinz von Armenien und Seine Exzellenz der Herr Admiral van der Decken aus Batavia, erwarten bereits den Herrn Oberjägermeister von Rodenstein oben auf dem Saale.

In dem schönen Saale, der, von dem Geräusch der Gasse fern, stille nach hinten hinaus gelegen ist, flammten die Wachskerzen des kristallenen Kronleuchters und spiegelten sich in den kostbaren Silbergeschirren und Pokalen, mit denen Monsieur Flachs eine runde Tafel inmitten des Gemaches hatte besetzen lassen. Ein Haufen Buchenscheite flackerte und knisterte in dem hohen Kamin und verbreitete eine linde Wärme, während der Duft der Speisen ein Mahl verhieß, wie es die vornehmen Herren, die heut in den „Drei Mohren" ihr Absteigequartier genommen, wohl nirgends üppiger hätten finden können. Auch mochten die drei Herren, die sich von den verschiedensten Enden der Welt her hier ein Stelldichein gegeben zu haben schienen, sich nach der Mühsal ihrer langen Wegfahrt wieder recht wohl und behaglich fühlen. Und ganz ungestört unter sich dabei bleiben wollen, denn sie wiesen, nachdem die Speisen sämtlich, wie sie befohlen, zugleich aufgetragen worden, die Diener hinaus und verriegelten die hohe, dunkle Flügeltüre, während ihr

Gesinde, – auch ein Häuflein gar wunderlicher Gesellen – sich unten in der Gaststube zusammenfand, an einer Ecke des langen braungebohnten Eichentisches zusammenhockte und in einer fremden kuriosen Sprache munkelte, von der Monsieur Flachs keine Silbe verstand, soviel fremder Gesellen aus aller Herren Länder er auch bei sich beherbergt hatte, und so sehr er jetzt auch, wenn er sich in ihrer Nähe zu schaffen machte, die Ohren auftat.

Die drei Herren hatten ihren Tisch dem Kamin nahe geschoben und saßen jetzt aufrecht und stattlich da. Sie tafelten eine Zeitlang düster schweigend und führten bedächtig die Bissen zum Munde, so wie jemand, der prüfend eine ihm fremde Speise genießt, dann nach geraumer Zeit schoben sie die Schüsseln beiseite, wandten ihre Gesichter der Flamme zu und füllten nun alle drei ihre Pokale mit dem schweren Algesiraswein, den Monsieur Flachs ihnen zum Nachtisch hatte aufstellen lassen.

Nun denn, auf ein fröhliches Jahr! sagte, den Kopf aufwerfend, der Oberjägermeister von Rodenstein, als er den Becher erhob und gravitätisch an die Lippen führte.

Sei es so lustig, wie es unser letztes war! tat Mynheer van der Decken, der Admiral, Bescheid.

So fröhlich, wie es Anno 1601 war? fiel der Armenier kopfschüttelnd ein – das wäre viel verlangt, denn seit dem sind hundert Jahre verflossen, die eine harte Zeit für das arme Menschengewürm waren, und diese Unglückskinder sind trübselig und stumpfsinnig darüber geworden.

Und doch, denk' ich, ist im reichen, üppigen Augsburg noch immer löblicher Kurzweil genug zu finden. Wo nicht, sagte der Waidmann – und wenn wir bereuen, uns just hier zusammengefunden zu haben, so ist es meine Schuld nicht. Der starrköpfige Holländer bestand darauf, er wollte weit, weit vom Meere fort und mitten auf den Kontinent, wo keine Seewinde wehen.

Hackelberg, sagte der Admiral, die Brauen düster zusammenziehend – tut mir die Liebe an und sprecht das Wort Meer nicht aus, falls Ihr wollt, daß wir als Freunde zusammen bleiben!

Nun, nichts für ungut, van der Decken: nur laßt mir dagegen auch Jagd- und Waidwerk beiseite! versetzte der Waidmann und tat einen tiefen Zug aus dem Becher.

Und du? fragte der Admiral, zum Armenier gewendet. Hast nicht auch du deine schwache Seite, alter Isaak, deren Berührung dich schüttelt?

Nein. Sprecht, von was und wem ihr wollt, vorausgesetzt, daß ihr mir niemals, solange wir zusammenbleiben, zumutet, einen Schritt außer dem Hause zu Fuße zu tun, und anders denn zu Roß oder in einer Sänfte.

Erzähl' uns, was du gesehen hast, Isaak Laquedem, hub, nachdem eine kurze Pause eingetreten war, der Waidmann wieder an; erzähle von dem, was geschah in den hundert Jahren, daß wir einander nicht gesehen. Du bist der Glücklichere von uns. Du durchwanderst die Erde und siehst, was die Menschen in den Städten machen, durch welche du schreitest, in den Palästen, an deren Gittertoren du vorübergehst. Meine Bergschluchten und Heiden bleiben immer stumm, meine Wälder immer still und tatlos, wie sie seit Jahrtausenden waren; und van der Decken dort sieht nichts als immer und immer die Weite graue Salzflut ohne Anfang und Ende, das öde Rollen der Wogen vom Aufgang bis zum Niedergang!

Sind die rollende Woge des Ozeans und das grüne Eichenblatt des Waldes eintöniger als das Tun des Menschenvolks, dieses ewig wimmelnden Geschmeißes, das in den Ritzen und Falten der Erdkruste nistet?

Doch, doch, entgegnete, das Kinn auf den Arm stützend, der Mann der Wälder. Die Menschheit ist ein Baum, durch den von Zeit zu Zeit ein ganz anderes stolzeres Wehen des ewigen Geistes rauscht als der Wind, der den dunklen Tann in meinen Bergen schüttelt.

Ah bah, versetzte der andere, deine Waldblätter grünen und fallen ab, wenn sie welk werden, um einem neuen gründenden Blätter-Geschlechte Raum zu machen. Bei den Menschen ist es nicht also, bei ihnen sträubt sich das Vermodernde vor dem Niederfall und am Baum der Menschheit hängen mehr gelbe und dürre Blätter, als vollsaftige und grünende. Freu' du dich deines Waldes und deiner Wildbahn, Wütender, und beneide den nicht, der durch die Geschlechter der Menschen wandern muß!

Was meinst du, van der Decken? fragte der Waidmann, gib dein Sprüchlein dazu.

Der Mann aus Batavia zuckte die Achseln: Menschen, Wellen, Blätter – ich mag heute aller drei nicht gedenken – lassen wir sie dem Winde, dessen Spielzeug sie zu sein verdammt sind!

Eine Pause trat im Gespräche ein, der Waidmann füllte die Pokale neu.

Wo sahst du ihn zuletzt? fragte den Seefahrer der Wandernde?

Bei Van-Diemensland, antwortete dieser. Er saß hinter dem Steuermann eines Dreimasters aus Vliessingen, der gerades Weges auf eine Korallenbank zusteuerte. Als ich vorüberfuhr, machte er eine höhnische Gebärde und wies auf die Untiefe hin, an der das Fahrzeug nach einer Viertelstunde mit Mann und Maus zugrunde ging.

Ich, sagte Isaak Laquedem, sah ihn zuletzt in einem roten, goldgestickten Rocke in Wien zu Hofe gehen, er war als Hofrat angetan und wollte bei einer Ministerkonferenz das Protokoll führen. Und du, Hackelberg?

Im Westfalenland wird ein neues Jesuitenkollegium gebaut, da sah ich ihn nachts unter den Hausteinen beschäftigt, er arbeitete im Mondschein einem Steinmetzen das J. H. S. in dem Architrav über dem Eingangstore nach, das der Mann ihm wohl nicht schön genug gemacht hatte.

Als der Waidmann diese Worte gesprochen hatte, schien der Wind, der, während die drei Männer tafelten, sich erhoben und wider die runden, bleigefaßten Scheiben der Fenster gefahren war und nun immer lauter und lauter um die Dächer und Essen geheult und gegurgelt hatte, plötzlich mit voller Kraft in den Rauchfang des Kamins zu stoßen. Asche und Funken stoben auf und eine breite Flammenzunge schlug mit dickem Qualm vom Herd, statt aufwärts in die Esse zu steigen, in den Saal herein. Die drei Männer am Tische fuhren zurück, geblendet von dem beizenden Rauche. Als sie die Augen wieder öffneten, sahen sie, daß sie einen neuen Gesellen bekommen und sie selbviert im Gemache waren, denn eine vierte

Gestalt saß auf einem Schemel neben dem Feuer, welches jetzt ruhig und stets wie vorher flackerte, als ob nichts geschehen sei.

Es war ein gar langes, schmales, dürres Menschenkind, der Vierte, in einem schwarzen Gewande, fast wie ein Schulmeister gekleidet, ein dreieckig Hütlein war in die Stirne gedrückt, also, daß man vom Antlitz fast nur die scharfe Nase und die tiefen Wangenhöhlen wahrnahm. Er schien zu frösteln, denn er rückte seinen Schemel dicht ans Feuer und streckte beide Hände den Flammen entgegen, und schier bis in sie hinein.

Was willst d u hier? fuhr zornig der Waidmann bei seinem Anblick auf.

Haben wir mit dir zu schaffen, so lange 1701 im Kalender steht? fiel unwillig der Prinz aus Armenien ein.

Gemach, gemach! antwortete der Schwarze. Glaubt ihr, ihr hättet allein das Recht müde zu sein, und euch auszuruhen, wenn ihr eure lausigen kurzen hundert Jahre lang ein wenig die Luft, das Wasser und die Erde durchwandert habt? Unmündige Knaben, die ihr seid, wollt ihr mir auf ein Stündlein der Gemächlichkeit hier an eurem Herd mißgönnen? Mich dünkt, es ist dir schon einmal übel ergangen, hitziger Ahasverus, weil du einem müden Mann keine Ruhestätte auf deiner Schwelle gönntest! Und du, wütender Hackelberg, bin ich eine deiner Hetzrüden, daß du mich forthetzen willst?

Was willst du hier? Was suchst du bei uns? fragte Isaak Laquedem, den er Ahasverus genannt.

Ich will mich über euer Tun ergötzen, ihr Gesellen, antwortete der lange Schwarze; es ist ein lustiger Einfall, daß ihr übereingekommen seid, euer Rastjahr zusammen zu verleben, die fahrenden Schüler des Alten da droben wart ihr lang genug. Und da er euch nun einmal wieder ein Jährlein Ferien gibt, wollt ihr sehen, wie es jungen Kavalieren zu Mut ist, die sich zusammen die Vakanzzeit vertreiben. – Was gedenkt ihr zu tun? Ihr werdet nicht immer hier sitzen wollen, um zu trinken, und eure Füße zu wärmen! Oder doch? Sprich, alter Josef Cartaphilus aus Jerusalem, auch Isaak Laquedem genannt, willst du dir die Zeit etwa mit Kalendermachen vertreiben? Und du, wüster Rüdenzüchter, wenn du nicht vorhast, die Muße zu benutzen, um deine zerschlagenen Hetzpeitschen zu flechten, so wüßte ich ein sauberes Stücklein Wild für dich! Den fliegenden Holländer da frag' ich gar nicht: der alte Sünder hat sich, als er das erste Sklavenschiff von Guinea nach Westindien führte, so in die schwarze Rasse verliebt, daß er für eine weiße Venus nicht den kleinen Finger rührte!

Du hast einen Anschlag, Satan! antwortete Isaak Laquedem; laß ihn uns hören! ...

In den nächsten Tagen hatten die drei Gäste begonnen, sich mit der Stadt Augsburg bekannt zu machen; sie hatten zuerst, der Oberstjägermeister als reicher Kavalier zu Pferd, mit zwei Reitknechten hinter sich, der Prinz aus Armenien und der Admiral aber in vierspänniger Karosse mit vielen Lakaien und Läufern, Besuche bei dem regierenden Herrn Bürgermeister und andern hohen Personen vom Rat und von den Geschlechtern abgestattet, der hochweise und fürsichtige Rat hatte dem Prinzen von Armenien feierlich den Ehrenwein gesendet. Sie waren auch überall wohl und, wie es vornehmen Herrschaften gebührt, aufgenommen und hatten dann, indem sie die besuchtesten Weinstuben mit ihrer Gegenwart beehrten, mancherlei Verbindungen und Bekanntschaften angeknüpft.

Sie zeigten sich dabei als aus der Maßen joviale und lebenslustige Kavaliere. Sie waren immer von gleicher unbändiger Heiterkeit und immer sprudelnd von unerhörten Einfällen und Anschlägen, wie früher niemand in ganz Augsburg so etwas vernommen. Die ehrsamen Patrizier der Stadt, die sich ehemals in ihren Weinstuben hinter der Flasche gähnend gegenüber gesessen und den Brunnen ihres Witzes vor einander längst so geleert hatten, daß kein Tröpflein darin zurückgeblieben schien, waren wie umgewandelt, seit diese Gesellen unter ihnen waren. Seitdem tönten lustige Lieder, Becherklingen und Würfelklappern doppelt so lang bis in die späte Nacht hinein. Trinken und Spielen war der fremden Kavaliere Hauptleidenschaft. Sie bewältigten, ohne irgendeine Veränderung ihres Humors zu verraten, unmäßige Quantitäten des schwersten Weines und ließen beim Spielen Geldsummen durch ihre Finger rollen, als hätte der eine von ihnen, der holländische Admiral, die spanische Silberflotte geentert und brüderlich mit seinen beiden Freunden geteilt.

Die Matronen der zu Spiel und Trunk verführten Männer aus den Augsburger Geschlechtern begannen besorgt nach dem Ende dieses Treibens zu fragen, aber ihre einst so gestrengen und würdevollen Eheherren, in welche plötzlich wie durch eine böse Ansteckung die Ausgelassenheit gefahren, gaben ihnen wenig tröstliche Antworten. Die drei Kavaliere, hieß es, hätten sich von drei verschiedenen Enden der Welt hier ein Stelldichein gegeben, um in Lust und Freuden ein ganzes Jahr miteinander zu verleben. Sie wären Herzensbrüder von ihrer Studienzeit her, als sie noch zusammen den Wissenschaften obgelegen, auf irgendeiner weltberühmten Universität, zu Bologna, Paris oder Salamanca.

Nur eine Frau war in der ganzen Stadt Augsburg, welche sich gar nicht wie die andern sehnte, hinter den drei Fremden endlich ein Kreuz machen zu können, sondern eher mit Beklommenheit und Sorge an den Augenblick dachte, wo sie scheiden würden, und diese Frau war von allen die schönste und gepriesenste.

Unsere Kavaliere hatten sie auf einem Feste kennen lernen, das die Geschlechter zur Faschingszeit auf ihrem großen Tanzhause, dem Augustsbrunnen gegenüber, gehalten und zu dem jene von Sr. Gestrengen, dem regierenden Herrn Bürgermeister selbst eine feierliche Invitation erhalten. Frau von Haßbeck, so hieß die Dame, war an einen grämlichen, gichtbrüchigen Gemahl verheiratet und war Mutter eines Knaben. Sie stand in der Mitte der Zwanziger, war hoch und schlank gewachsen und sah aus so stolz, als sei sie die römische Königin. Aber sie hatte auch Grund, stolz zu sein, denn sie schien die Erbin all der Schönheit geworden, womit einst die berühmten Töchter Augsburger Bürger, die Clara von Detten und die Bernauerin und die Welserin sich Herzen und Throne erobert haben. Unter den Herren von Augsburg war trotz dieser Schönheit die Zahl ihrer Anbeter nicht groß, denn Frau Ulrike von Haßbeck pflegte hofierende Männer mit einer Verachtung und einem Hohn zu behandeln, der jedes nicht vollständig verliebte Herz von ihr zurückschreckte. Sie war, ohne daß man viel um ihre Herzensneigung sich gekümmert, von ihren Eltern an ihren armseligen reichen Gemahl dahingegeben worden.

„Königin Ulrike" nannten denn auch die Augsburger die stolze glänzende Frau, die hoch und schweigsam ihres Weges ging und auch wohl ganz offen gestand, daß sie sich einen Thron wünsche, nur um ihr Geschlecht an der brutalen Fadheit der Männer rächen zu können, welche sich die Herren der Schöpfung dünkten und in ihrem jämmerlichen Hochmut die Frauen wie eine Art untergeordneter Wesen in ihren Häusern einsperrten, oder für Geld verkuppelten, oder in Klöster begrüben. Wenn „Königin Ulrike" auf diesen Gegenstand kam, wurde sie immer sehr beredt, aber da gerade die Frauen am wenigsten zusammen zu halten und ihr Recht zu wahren pflegen, sondern, beinahe wie eine von Dienstbarkeit gebrochene Nation, immer bereitwillig ins Lager ihrer Gegner übergehen, so stand Ulrike verlassen und allein und war fast ganz auf ihren Knaben beschränkt, an dem sie als dem Sohn seines ungeliebten Vaters auch nicht sonderlich zu hängen schien. Ulrike, schien es, grämte sich darum nicht, sie genügte sich und sah mit großem stolzen Blick in die Zukunft, von der sie irgendeinen Herzogshut oder einen Kronreif erwartete, denn an ihrer Wiege hatte eine alte zigeunerhafte Prophetin es ihr gesungen, daß sie einst einem Prinzen folgen werde.

Man kann denken, daß es einen recht seltsamen Eindruck auf Frau Ulrike machte, als nun wirklich ein Prinz, wenn auch aus fernem Lande, vor sie trat und die düster glühenden Blicke Isaak Laquedems unter ihren schwarzen, zusammenschießenden Brauen her sich in die Augen der schönen Frau versenkten. Ulrike erzitterte unter diesen Blicken, aber sie raffte ihren Hochmut zusammen und begegnete ihnen fest und stolz. Sie sagte sich, daß hier ein Mann, den sie zu fürchten habe, sie herausfordere, sie machte sich mit innerer Aufregung auf einen Kampf gefaßt, bei dem sie nicht mehr die volle Sicherheit des Sieges hatte, aber kein Zucken ihrer Mienen verriet äußerlich diese Bewegung.

Der Prinz aus Armenien war jedoch nicht der einzige, der sich ihr vorstellen ließ, um ihr zu huldigen, auch der Admiral van der Decken und der Oberstjägermeister von Rodenstein bewarben sich alsbald um ihre Gunst und erbaten am Ende des Festes die Erlaubnis, ihr Haus betreten zu dürfen. Ulrike gewährte sie gnädiglich.

Es mußte für den guten alten Herrn von Haßbeck, der sein Leben in seinem Lehnsessel zubrachte, eine außerordentlich erfreuliche und schmeichelhafte Wahrnehmung sein, daß von diesem Tage an sein Haus der Lieblingsaufenthalt der drei vornehmsten und ausgezeichnetsten Fremden war, die Augsburg in seinen Mauern beherbergte. Sicherlich mußte er auch dankbar den Einfluß anerkennen, den diese Bevorzugung auf die Stimmung seiner jungen und blendenden Gemahlin übte, denn wenn er früher, von dem zerschmetternden Gewicht ihrer Verachtung gebeugt, oft bitter sein Schicksal angeklagt hatte, den Nacken unter das demütigende Joch einer Frau beugen zu müssen, so durfte er sich jetzt der vollständigsten und schmeichelhaftesten Nichtbeachtung von seiten der Gemahlin erfreuen, die nur noch für die Gesellschaft ihrer drei Anbeter zu leben schien. Diese aber, schien es, sollten wenig bei solcher Auszeichnung gewinnen, denn Ulrike wiederholte den drei Kavalieren oft und nachdrücklich, daß sie sich ihre Huldigungen lediglich deshalb gefallen lasse, weil sie aus der ganzen Männerwelt nur sie drei kenne, bei denen es ihr eine rechte Genugtuung sei, ihre volle und unsägliche Verachtung des ganzen „stärkeren Geschlechtes" auszusprechen, die anderen Männer verdienten nicht einmal, daß sie um deretwillen soviel Atem und Worte verliere.

Für den Frieden unter den drei Fremden selbst mochte die anscheinend sich gleichbleibende eisige Kälte der stolzen Frau, die auch alle kostbaren Geschenke und Kleinode, welche sie ihr darboten, hartsinnig zurückwies, sehr heilsam sein, denn Spuren von eifersüchtiger Bewachung der Fortschritte, die jeder in der Gunst der Dame machte, blieben bei ihnen nicht aus, und selbst Ulrike warf es ihnen oft scherzend vor. Das ist Männerfreundschaft! sagte sie lachend: Ihr seid aus den fernsten Winkeln der Welt zusammengekommen, wie Ihr sagt, von Eurer Liebe und Treue zueinander gezogen, und jetzt brauchte ich nur dem einen von Euch, zum Beispiel diesem blauäugigen, mich anstierenden „Schout by Nacht" aus Batavia die Rose zu schenken, die ich hier am Mieder trage, und Ihr beiden andern würdet dem ehrlichen Holländer alsbald den Hals zu brechen begehren!

Die Männer stellen freilich die Liebe einer schönen Frau höher als die Freundschaft eines edlen Mannes, antwortete Isaak Laquedem. Aber auch nur die Liebe einer schönen Frau. Seht dagegen die nicht schönen Frauen, wie mißachtet sie bleiben. All Euer Einfluß ist in der Welt an Eure Schönheit geknüpft. Wie so gar demütigend ist das für Euch! Euer Wert, Eure Kraft liegt also nicht in der Höhe

Eurer Gedanken, in der Größe Eures Geistes, noch in der Stärke Eurer Entschlüsse, sondern im Schnitt Eurer Nase und in der Farbe Eurer Gesichtshaut!

Das ist nicht unsere Schuld, versetzte Ulrike darauf, also auch nicht unsere Demütigung, aber es ist unser Unglück: die Männer sind einmal von so tierischem Hange, daß sie nicht auf die Höhe der Gedanken, nicht auf die Größe des Geistes noch auf die Stärke der Entschlüsse in einem Weibe, sondern auf die Größe der Schönheit Wert legen. Und just unser Unglück ist diese Schönheit. Sie ist die Mutter der Eitelkeit, die uns zu besiegten Besiegerinnen der Männer macht. Ohne sie ständen die Frauen und Männer gleichberechtigt sich gegenüber. Ohne die Entnervung und Entwürdigung, zu der die Schönheit die Frauen führt, kämpften beide Geschlechter mit gleichen Vorteilen, mit gleicher Verteilung von Sonne und Wind, den Kampf des Lebens. Und glaubt es mir, Ihr sarkastische Hoheit aus Armenien, und Ihr, lächelnde Herren und Exzellenzen, in einem solchen Kampfe würde die Frauenklugheit nicht hinter der Männerstärke zurückbleiben!

Ihr werdet uns noch beweisen, daß es eine Beleidigung für Euch sei, wenn wir die zauberhafte Schönheit bewundern, die uns Euch zu Füßen legt, sagte der Oberstjägermeister.

Beinahe ist es so, antwortete Ulrike. Glaubt mindestens nicht, daß es mich freue, von meiner Schönheit reden zu hören. Ich lege nicht den mindesten Wert auf sie, und diejenigen, welche Wert auf ihre Schönheit legen, verachte ich!

Da habt Ihr Unrecht, sehr Unrecht, fiel der armenische Prinz ein. Glaubt das uns, die wir Euch huldigend und bewundernd umgeben. Wir haben viel erlebt und viel gesehen, wir alle drei, wir haben von dem alten Stücke, betitelt: Erdenleben, mehr Aufzüge gesehen, als Ihr uns wohl zutraut, stolze Frau. Und nun seht: die Welt hat keinen Schatz und kein Kleinod. Das Dichten und Trachten der Menschen hat kein Ziel und wäre es auch das verlockendste – die Historie hat keinen Kranz und keinen Ruhm, nach dem es uns irgend viel gelüstete, nur eines hat uns bezwingen können – wir huldigen Eurer Schönheit.

Isaak Laquedem sprach diese Worte so feierlich aus, daß schier eine Pause im Gespräche entstand. Ulrike wußte nicht recht, was aus solch wunderlicher Rede machen. Da hub der Admiral nach einer Weile wieder an und sagte:

So laßt uns hören, wenn Ihr die Schönheit mißachtet, was ist dann Euer Stolz? Sagt uns, gnädige Frau, wie wir Euch wohlgefallen und Eure Gunst erringen können, wenn wir nicht von Eurer Anmut und Eurer Holdseligkeit reden dürfen?

Was mein Stolz sein würde? Etwas zu verrichten, eine Tat zu tun, eine Gefahr zu bestehen, eine Lage zu überwinden, von der die Welt sich gestehen müßte, daß ein Mann völlig unfähig gewesen wäre, sie zu überwinden. So etwas zeigt mir an, Ihr Herren, dazu verhelft mir und ich will Euch dann alle schmeichelhaften Reden und wohlgesetzten Komplimente gar gern schenken, meine galanten Kavaliere!

An dem Tage, an dem die schöne Frau von Haßbeck diese Unterredung mit ihren Galanen gehabt, saß sie in der Abenddämmerung in ihrem Gemach. Es war mit goldgepreßten Ledertapeten ausgeschlagen, und mit einigen altertümlichen und kunstreich gearbeiteten Möbeln versehen, aber es enthielt wenige jener Gegenstände, welche in den Wohnungen sonst der Frauen schalten und walten und die Beschäftigungen weiblicher Hände verraten. Man sah weder Blumen noch Stickrahmen in dem Zimmer der „Königin Ulrike", wohl aber Bücher und einige mathematische Instrumente. Rings um die Wand lief eine Bank aus dunkelgebohntem Holze, auf welche Polster, bekleidet mit venetianischer Seide, gelegt waren. Frau von Haßbeck hatte in der Fensterbrüstung, auf einem der erhöhten Sitze, die zu beiden Seiten in dieser Nische angebracht waren, Platz genommen, und blickte auf den Frohnhof und Sankt-Petri-Dom hinaus, an welchem ihr Haus gelegen war. Der Winter und der Sommer waren allgemach verflossen, seitdem die fremden Kavaliere in den „Drei Mohren" eingekehrt, der Herbst war gekommen und ein feuchter Oktoberwind wirbelte die gelben Blätter umher, welche von den Linden niedergestreut waren, die im Sommer dem Platze Kühlung und Schatten gewährten. Es war bereits dunkel geworden. Als sie so dasaß, hörte sie plötzlich ein leises Rauschen. Sie wandte ihr Auge dem Eingange zu, an dem nur ein niedergelassener Vorhang ihr Gemach von dem vorliegenden Zimmer abtrennte. Eine Hand hatte diesen Vorhang beiseite geschoben. In dem Rahmen der Türe stand Isaak Laquedem. Seine Blicke glühten durch die Dämmerung wie ein Paar Phosphorflammen.

Ulrikens Herz schlug, bei dieser unerwarteten, unangemeldeten Erscheinung höher, als es je beim Anblick eines Mannes geschlagen hatte. Aber sie wußte jedes, auch das leiseste Zeichen von Bewegung im Ton ihrer Stimme zu unterdrücken, als sie mit anscheinend völliger Ruhe und Gleichgültigkeit sagte:

Ihr seid es, armenische Hoheit?

Ich bin es, augsburgische Majestät! sagte lächelnd der Prinz und trat einen Schritt vor. Ich komme, um zum letztenmal bei Euch mein Heil zu versuchen: Ihr habt unsere Geschenke und auch die reichsten verschmäht. Ihr habt unsere Bewunderung Eurer Schönheit verspottet – es bleibt mir nichts übrig, als Euch die Erfüllung des Wunsches zu bieten, zu dem allein Euer stolzes Herz sich herabläßt.

In der Tat, Prinz Isaak, ich danke Euch, daß Ihr in meinen Worten nicht, wie andere Männer getan hätten, eine Anwandlung von eitlem Übermut oder eine phantastische Laune erblickt habt. Ihr habt den tiefen Seelenernst darin erkannt. Ich danke Euch. Und so darf ich Euch auch gestehen, daß Ihr der einzige Mann auf Erden seid, von dem ich erwartet habe, daß er mich verstehen, ja auch, wenn es ihm anders möglich, zu meines Wunsches Erfüllung wohl gar die Hand reichen werde!

Wohl denn, kühne Frau, ich will Euch in eine Lage bringen, versetzte der Mann, den sie Prinz Isaak nannte, – worin Ihr die Kraft Eures Geistes und Eures Entschlusses Stärke zeigen könnt, und die, wenn Ihr sie übersteht, Euren Mut höher stellen wird im Munde der kommenden Geschlechter, als den Mut, den ein Mann zu zeigen weiß.

Ah – das wolltet, das könntet Ihr? rief Ulrike halb freudig, halb erschrocken aus, und wird sie nicht meine physischen Kräfte übersteigen, Eure Aufgabe?

Nein! wenn etwas in Euch erliegt, so wird es nur Euer Mut, nicht Eure physische Kraft sein.

Wohl, so halt' ich fest an meinem Wort. Sagt mir, was ich tun soll?

Ihr sollt nur mir folgen, nur so weit ich's verlange, Euren Schritt an den meinen heften. Ich werde nichts anderes von Euch heischen, als daß Ihr mich auf einer Wanderung begleitet und daß Ihr auf dieser Wegfahrt mit mir ertraget, was ich, der Mann, trage. Wenn Euer Mut dieser Wanderung trotzt, so sollt Ihr wohlbehalten, ohne daß ein Haar Eures Hauptes gekrümmt wäre, nach Jahresfrist wieder in diesem sicheren Raum ruhen, ganz so, wie heute, nur mit dem Unterschiede, daß Euch dann der Ruhm geworden, überwunden zu haben, was noch kein Sterblicher, außer mir, vermochte, wenn Euer Mut sich besiegt erklärt, dann –

Nun dann? fiel Ulrike voll Spannung ein.

Dann bring ich Euch heim als ein gebrochenes Weib, vielleicht mit erbleichtem Haar, ein krankes Weib, dessen Stolz am Boden liegt. Darum besinnt Euch wohl – prüft Euren Mut, bevor Ihr sagt, ich bin bereit!

Und Ihr schwöret mir, daß es nur auf meinen Mut, nur auf ihn ankommt?

Ich schwöre es Euch!

Prinz Isaak war der letzte Mann auf Erden, vor dem Ulrike von Haßbeck, als sie diese Versicherung empfangen, hätte ihre stolzen Worte widerrufen und sich zag und weibisch zeigen mögen. Sie antwortete mit fester Stimme: So habt Ihr mein Wort. Ich bin bereit!

Nun wohl, so gebt mir zum Pfande einen von den goldenen Reifen, die Eure Finger schmücken.

Ulrike reichte ihm einen schlichten, goldenen Reif.

Wenn sich das Jahr zu Ende neigt, hole ich Euch ab.

Ich will Euch erwarten, versetzte Ulrike von Haßbeck, und reichte dem Armenier die Hand zum Abschied.

Isaak Laquedem ging.

Die schöne Ulrike hatte sich noch nicht lange allein ihren Gedanken über das Abenteuer, dem sie sich verlobt, hingeben können, als ihre Einsamkeit abermals gestört wurde und sich der Oberstjägermeister von Rodenstein bei ihr melden ließ. Wunderbarerweise waren die Worte des neuen Besuchers, dem Inhalte nach, denen des armenischen Prinzen so ähnlich wie ein Tautropfen dem anderen. Der Waidmann verlangte als Mutprobe gerade so wie der Prinz, daß sie ihn begleiten möge. Er schlug jedoch der schönen Frau statt einer Wanderung vor, mit ihm hoch zu Roß seine Jagdlust zu teilen. Als nun endlich gar der holländische Admiral in das Gemach trat und mit feierlicher Stimme der „Königin Ulrike" volle Sättigung ihres Wunsches bot, falls sie mit ihm eine Lustfahrt auf seinem Admiralschiff auf die hohe offenbare See hinaus unternehmen wolle, da erschien der schönen Frau das Ganze fast wie ein von ihren Galanen verabredeter Scherz. Die ernsten Mienen ihrer Besucher aber und die seltsam feierliche Weise, womit diese heute auftraten und ihre Worte vorbrachten, widerlegten alsbald solche Annahme und Frau Ulrike versetzte deshalb ganz eben so ernst: Ich bedaure, Ihr werten Herren, daß Ihr beide zu spät kommt: ich habe mich leider allbereits zu einer Wanderung mit dem Prinzen Isaak versagt, der auf ihr ebenfalls meine Ausdauer und meinen Mut zu prüfen gedenkt. Aber ich freue mich Eures Antrages, denn falls ich, was ich nicht hoffe, aber was möglich ist, bei jener Fußreise ermüden sollte, so will ich mir gern gefallen lassen, eines Eurer Rosse zu besteigen, Herr Jägermeister von Rodenstein, und würde mir der Ritt ebenfalls zu beschwerlich werden, so will ich mit Freuden einen Platz in Eurer großen Kajüte annehmen, Herr Admiral van der Decken! Ich weiß nur nicht, wie Ihr es alsdann anstellen wollt, just zur Stelle zu sein, um mich zu empfangen, wenn der Augenblick eintritt, wo ich Eurer Einladung folgen will.

Laßt das unsere Sorge sein, edle Frau – Ihr sollt auf uns nicht harren dürfen, antworteten die Männer beide und baten dann beide ebenfalls wie Isaak Laquedem es getan, zur Bekräftigung um ein Ringlein von der weißen schmalen Hand Ulrikes. Sie gab es ihnen bereitwillig und ihren Handschlag ernst lächelnd dazu.

Die Tage wurden kürzer und kürzer, und das Ende des Jahres nahte. Ulrike sah ihre drei galanten Kavaliere immer seltener bei sich, und wenn sie dieselben sah, fand sie diese früher so ausgelassenen, wilden Männer jedesmal düsterer und einsilbiger geworden. Von ihrer Verabredung weiter zu sprechen, vermieden sie und lenkten das Gespräch auf etwas anderes, wenn Frau Ulrike davon zu reden begann. In den Weinstuben, wo sie einkehrten, ging es dagegen desto lauter und unbändiger her. Mit jedem Tage wurden die drei Fremden leidenschaftlicher im Spiele, mit jedem Tage ersannen sie abenteuerlichere Anschläge, eine innerliche Unruhe schien sie erfaßt zu haben, die schier nicht eher aufhörte sie zu quälen, als bis alle drei sich bis tief in die Nächte hinein in die wildeste Aufregung gerast. Nach und nach verloren sich denn auch die Freunde und Genossen von ihnen, über deren Kräfte dies wilde und tolle Wesen hinauszugehen begann. Als endlich die Weihnachtszeit da war, hatten sie auch den letzten und zähesten ihrer Getreuen verscheucht, der nun mit Angst und Zittern einem Kumpane gestand, es sei ihm klar geworden, daß die drei wilden Zechgesellen sicherlich gar nichts anderes als drei der Hölle entlaufene Teufel seien.

So war der Freitag vor dem Neujahrstag des Jahres 1702 herangekommen. Es war nun just ein Jahr, seit Isaak Laquedem als ausgeplünderter Wanderer in den „Drei Mohren" aufgetaucht. Wieder war es um die Dämmerungsstunde. Aus dem großen Einfahrtstore des Gasthauses rollte die schwerfällige Reisekarosse des Admirals van der Decken und bog über den Weinmarkt in der Richtung, woher sie gekommen, dem roten Turmtore zu. Wenige Augenblicke darauf kam im Innern des Hauses der Oberstjägermeister von Rodenstein schweren Schritts sporenklirrend die Stiegen herunter, bestieg sein bereitgehaltenes Roß und ritt langsam mit seinen Dienern davon, desselben Weges, wie auch er gekommen. Isaak Laquedem war noch beschäftigt, den Betrag seiner letzten Rechnung in blanken Goldstücken auszuzahlen.

Endlich kam der armenische Prinz aus seinen Gemächern. Er hatte seine Leute und Pferde durch das Göggingertor vorausgesendet. In einem langen, dunkeln Mantel gehüllt, verließ er die „Drei Mohren", sobald er aber von dem Gasthofe aus nicht mehr gesehen werden konnte, änderte er die Richtung seines Weges, wandte sich auch dem roten Turmtore zu und wanderte durch das letztere zur Stadt hinaus. Als er im Freien angekommen war, schlug er einen Fußsteig ein, der über einen weiten Weidegrund zu dem großen Stadtwalde führte, an dessen Saum der Lech vorüberfließt.

Nach einer Viertelstunde hatte er eine Stelle erreicht, die der Volksmund „An den sieben Tischen" nennt.

Hier stand eine gewaltige, mehrere hundert Jahre alte Eiche, welcher der einsame Wanderer seine Schritte zulenkte. Als er neben dem Baum war, blieb er stehen und sagte:

Bist du zur Stelle?

Eine ebenfalls in einen schützenden Mantel gehüllte Gestalt trat rasch aus dem Schatten des Baumes hervor und hielt dann plötzlich, wie ungewiß und schwankend, den Schritt an.

Ich sehe, du hältst dein Wort. So komm! sagte der Wanderer.

Ja, ich komme, antwortete die Gestalt mit einer wohltönenden Frauenstimme, und als ob sie einen mutigen Entschluß über sich gewinne, kam sie, hing sich an den Arm des Armeniers und schritt an seiner Seite, in die Nacht hinein.

Die Gestalten der beiden Wandernden traten nach einer Weile aus dem Dunkel der Waldung hinaus. Ein flaches, unbegrenztes Gefilde lag vor ihnen, ohne Haus, ohne Baum, ohne Spur, daß je der Schritt eines Menschen in diese Einöde gedrungen. Es war das öde Lechfeld, über welches sie schritten. Im Osten hatte sich die volle Mondesscheibe erhoben und warf die Schatten der zwei Fußgänger weithin auf die Heide. Der Wind fuhr kalt über die Fläche, mit leisem Sausen, als ob er sich ein stilles Lied sänge in seiner Freude an der widerstandslosen, unendlichen Ebene, über die er dahinfahren durfte.

Es ist seltsam, erklang nach einer Weile Frau Ulrikens Stimme – es ist seltsam, wir sind doch unserer zwei, der Mond aber wirft drei Schatten hinter uns.

Der andere blickte um sich. Er stieß leise einen Fluch aus.

Du wirst dich gewöhnen müssen an das Seltsame, versetzte Isaak Laquedem dann zu Ulrike gewendet.

Es ist, hob nach einer Weile dann wieder die Frau an, als führe der Wind mir einen starken Modergeruch zu.

Das ist der Moder meines Gewandes.

Weshalb tragt Ihr ein solches Gewand, und einen plumpen Stab, der wie der Knittel eines Bauern ist?

Weshalb –! Weshalb schwebt jene Mondesscheibe dort empor – weshalb pfeift der Wind durch diese Wacholderstaude neben uns? Frag' mich nie nach dem Weshalb: es gibt keine Antwort auf diese Frage.

Wohin führt Ihr mich? Wir schreiten in der Richtung der Alpen fort, werden wir gen Tirol wandern?

Weiter!

Gen Italien?

Weiter!

Nach Eurem Lande Armenien also?

Weiter, weiter!

Ulrike schwieg erschrocken vor diesem furchtbaren „Weiter!"

Sehnst du dich heim bereits?

Nein! antwortete Ulrike mit starker Stimme.

Ich will dir den Weg durch Erzählungen kürzen. Ich habe viel gesehen, viel erlebt.

Ich glaube, Isaak Laquedem, Ihr seid viel älter, als Ihr scheint! Ihr redet plötzlich mit der Stimme eines alten Mannes.

Vielleicht, versetzte Isaak, ich sah wenigstens, wie man zu Straubing die Bernauerin, der du an Schönheit gleichst, übers Brückengeländer in die Tiefe warf. Ich stand dabei und schaute zu. Willst du hören, wie Kaiser Max sein Weib verlor, wie sie auf der Falkenbeize den Hals brach?

Laßt sie, laßt sie, unterbrach ihn Ulrike, Ihr belügt mich ja doch nur mit solchen Worten, sagt mir lieber, was jener flatternde, dunkle Schatten bedeutet, der dort im Kreise um den Hügel schwebt? Er ist wie eine Gestalt, die bald die Hände zu erheben, bald sie wehklagend zu ringen scheint.

Das ist der Geist eines erschlagenen Kaufmanns aus Nürnberg, der vor zweihundert Jahren in jenem Hügel verscharrt wurde. Ich sah ihn, wie er frisch und wohlgemut auf einem Saumroß den Brenner überstieg. Er brachte eine große Summe aus Venedig heim. Stegreifleute hatten es ausgekundschaftet.

Ihr saht ihn – vor zweihundert Jahren? – Vor zweihundert Jahren? Sprecht Ihr denn wirklich … die Wahrheit?! rief Ulrike atemlos erschrocken aus.

Ich kann dir von Geschehnissen berichten, die noch älter und die sich zutrugen unter diesen meinen Augen. Siehst du dort vor uns in geringer Ferne den Spiegel eines Weihers im Mondlicht schimmern? Von Zeit zu Zeit hebt und senkt sich etwas über den Uferbinsen – es taucht der Schädel und die Brust eines weißgebleichten Gerippes über dem Wasser auf, wie eines Badenden. Siehst du?

Ulrike wandte schaudernd den Blick ab. Der andere fuhr fort:

Ich stand an diesem Weiher, als Kaiser Otto sein schweiß- und blutbedecktes Roß darin trinken ließ, nachdem er auf diesen Feldern hier die Ungarnschlacht geschlagen!

Um Gottes willen, wer bist du? stöhnte das entsetzte Weib und hielt ihren Schritt an.

Weiter, weiter! sagte Isaak Laquedem, ich darf nicht rastend stehen bleiben, wir müssen weiter!

Keinen Schritt, bevor du mir antwortest!

Wer ich bin – das weißt du noch nicht?

Sprich es aus – wer bist du?

Nun wohl – ich bin Ahasver, wie Ihr mich nennt, oder Josef, wie Ananias mich taufte, oder Cartaphilus, der Jude von Jerusalem.

Ulrike stieß einen Schrei aus. Ihre Glieder versagten ihr den Dienst. Sie sank in die Knie.

Ist dein Mut dahin? – sagte Ahasver mit Hohn: erliegst du unter der Last e i n e r Nacht, stolzes Weib? Der M a n n vor dir steht aufrecht unter siebenzehnhundert Jahren!

Ich habe im Wettkampf der Entschlossenheit mit einem Menschen ringen wollen – mit einem Geist, einem Gespenst habe ich nichts zu schaffen!

Ich bin kein Gespenst, ich bin ein Mensch wie du, – dieser Leib ist lebend wie der deine. Nur wenn ich hundert Jahre gewandert habe, dann ergreift mich ein gewaltiges Siechtum, ein heißes Fieber kommt über mich, und währenddessen erfrischt und verjüngt sich mein Leib genau zu jener Kraft und jenem Aussehen, das ich damals hatte, als ich die Hand erhob wider Ihn!

Ahasver streckte bei diesen Worten die rechte Hand in die Höhe. Er stand vor der bebenden Frau, umflossen von dem kalten Mondlicht, das nur zitternd und scheu auf seine im Winde flatternden Gewänder niederzugleiten schien, wie das verkörperte Grauen, wie die Bildsäule des Schreckens.

Denn sieh, fuhr er zu reden fort, wenn diese Verjüngung eingetreten, ist mir ein Jahr der Rast gegönnt. Dasselbe Ruhejahr nach einem Jahrhundert der Qual ist denen vergönnt, die, wie ich die Erde, so verdammt sind, das Meer und die Luft zu durchziehen. Und die wie ich lebende, bis ans Ende der Zeiten lebende Menschen sind, über die der Spruch lautet, daß der Tod nicht die Hand darf legen an sie. In deiner Vaterstadt nun haben wir eine solche Jahresrast gehalten – bis heute, wo sie zu Ende ist.

Laß mich heimgehen, sagte Ulrike, indem sie alle ihre Kräfte zusammenraffte, um sich zu erheben.

Heimgehen? Glaubst du, ich ließe dich? Du bist in meiner Hand. Du sollst die öde Einsamkeit meiner Wanderschaft teilen. Glaubst du, mir graute nicht vor dem Alleinsein? Komm!

Ulrike stieß abermals einen Schrei aus und fühlte, daß ihre Sinne nahe daran seien, ihr zu schwinden.

Da fiel ihr Auge auf den unerklärlichen dritten Schatten, der ihnen langhin nachflatternd vom Walde her gefolgt war. Dieser Schatten begann in eine eigentümliche Bewegung zu geraten. Er zog sich zu gewöhnlicher Menschenlänge zusammen, erhob sich leis und allmählich und nach einigen Augenblicken stand ein dürrer, schmaler schwarzer Mann vor dem zitternden Weibe. Zugleich ließ sich eine heisere Stimme, die nicht aus dem Munde des Schwarzen, sondern mehr wie von der ganzen hageren Gestalt ausgehend klang, vernehmen.

Nur Mut – nur Mut! sagte diese Stimme und ließ dann ein meckerndes, höhnisches Lachen folgen. Weshalb willst du nicht mit dem melancholischen Schnelläufer Cartaphilus da gehen? Du wirst Gelegenheit haben, den Lauf der Welt und die Herzen der Menschen zu erkennen. Ist nicht Erkenntnis das Höchste, was ihr Menschenkinder erstreben könnt? Und hast du nicht dein Leben daran gesetzt, die Männer zu übertreffen? Geh' und wandle an der Seite dieses rastlosen Mannes! Er wird dir die Schicksale von zwei Jahrtausenden mitteilen und dir die Gestalten zeigen, die über den Gräbern ihrer Taten umwandeln: an seiner Seite erblickt dein Auge, was seines erschaut. Geh' und wenn du einst heimkehrst, wirst du, des magst du nicht zweifeln, gelehrter sein, als alle Männer aller Zeiten!

Komm! rief Ahasver noch einmal mit drohender Stimme aus und ergriff den Arm Ulrikens.

O Gott – o barmherziger Gott im Himmel, ist denn keine Rettung!

Du wendest dich an den Unrechten, sagte der Schwarze. Verschreibe mir deine Seele – so will ich dich retten!

Nimm meine Seele – ich gelobe sie dir – aber schütze mich, schütze mich!

So laß sie und geh', Ahasver! sagte der Schwarze gebietend.

Ich weiche dir, Verfluchter – versetzte der Jude von Jerusalem, du aber, Weib, bist nicht befreit, wenn auch ich dich fahren lasse!

Er streckte seine Hand drohend gegen den Horizont aus, auf ein fernes dunkles Wolkengebilde deutend. Dann wandte er sich und ging mit großen Schritten, als wolle er die Versäumnis der kurzen Rast einholen, davon, über die nachtbedeckte Heide fort.

Ulrike sah es nicht, sie hatte auch die deutende Gebärde, die er gemacht, nicht mehr gesehen, sie hatte ihre Augen, ihr Gesicht mit ihren Händen bedeckt. So rief sie alles an, was von Mut und Entschlossenheit in ihrer Seele lag, um sich aufrecht zu erhalten und dem schrecklichen Eindruck dieses Augenblicks Trotz zu bieten. Es war ihr, als habe sie in gottloser Verwegenheit eine verbotene Stelle betreten und sei ins Bodenlose gestürzt, und sinke nun immer tiefer und tiefer in die Abgründe, bis zum Schlunde der Hölle, grauenhafte Strafe dafür, daß sie gegen die warnende Stimme in ihrem Innern aus Hochmut sich verstockt hatte, als am Tage vorher der unselige Jude von Jerusalem zu ihr gekommen war und sie aufgefordert hatte, ihn an dem folgenden Abende an der Eiche im Stadtwalde zu erwarten, weil nun die Zeit der gemeinsamen Wegfahrt gekommen sei! Hatte in seinen dunklen Reden, seinem düsteren Wesen nicht genug des Warnenden gelegen? Ja, war es ihr nicht gewesen, als stehe hinter diesem Manne das Grauen und die Verdammnis? Und doch war sie heimlich von den Ihren fortgegangen, ihr Wort zu lösen, – sie hätte jetzt in bittere Tränen ausbrechen mögen! Der Schwarze aber schreckte sie auf.

Blicke empor, sagte er – dorthin!

Er streckte die Hand in derselben Richtung aus, in welcher Ahasver drohend gedeutet hatte auf ein dunkles heranziehendes Gewölk. Als Ulrike ihre Blicke dorthin wandte, sah sie, wie sich heftig bewegte Gestalten daraus loslösten, Rosse, Reiter, Unholde. Der Nachtwind trug ein wüstes Rufen und Klirren und Gebell an ihr Ohr – immer lauter, bis sie das Wiehern der Rosse, das Knallen der Peitschen, das Geheul der Rüden, den Weheschrei gehetzter Tiere deutlich unterschied.

Siehst du sie kommen? sagte der Schwarze. Es ist das wilde Heer. Der wilde Jäger sprengt seinem Trosse voran und an seiner Seite führt er ein leeres, gesatteltes Roß. – Ahnst du, für wen der Rappe mit dem leeren Sattel bestimmt ist, den dein feuriger Galan, der Rodensteiner, führt?

Ulrike war einer Antwort nicht mehr mächtig. Sie sank bewußt- und leblos zu Boden.

Der Schwarze stieß wieder sein leise meckerndes Lachen aus. Auf Wiedersehen, kühne Frau! sagte er und dann zerrann die ganze Gestalt niedersinkend in den Schatten, in dem sie zuerst erschienen war. Dieser Schatten dehnte und verflüchtete sich, so wie der Schatten einer windgejagten Wolkenmasse, die über das Antlitz der Sonne zieht, auf einer Berghalde dahinflattert.

Die ohnmächtige Frau aber blieb nur wenige Augenblicke allein. Brausend stürmte das wütende Heer heran und über sie fort und es blickte eine hohe ritterliche Gestalt, die plötzlich vor ihr stand, auf sie nieder.

Es war dieselbe Gestalt, die vor wenigen Stunden, sporenklirrend und mit goldener Waffe umgürtet, die Stiegen in den „Drei Mohren" niederschritt.

Komm! sagte der dunkle Reiter, streckte den Arm nach Ulriken aus und hob sie wie eine federleichte Last auf eines der Rosse, das einen Quersattel trug, und auf dem das ohnmächtige Weib von diesem Augenblicke an so fest saß, als sei sie mit Riemen daran geschnallt, als sei sie verwachsen mit dem furchtbaren Tiere. Im nächsten Augenblicke war auch der Reiter in dem Sattel des anderen Pferdes und beide flogen nun über das Gefilde dahin. Anfangs bleiben die Hufe der schnaubenden Renner unten an der Erde, während oben über ihnen das wilde Brausen und Lärmen dahinflutete, nur flogen die beiden Rosse schneller als das wütende Heer. Der tobende Tross blieb allgemach eine Strecke zurück, und nun hoben sich jene allmählich höher und höher auf und sprengten endlich durch die Luft turmhoch über die Erde fort.

Ulrike war längst aus ihrer Bewußtlosigkeit erwacht. Der kalte Wind, der um ihr Gesicht blies, und in dem ihre Haare aufgelöst weithin nachflatterten, hatte sie erweckt. Die pfeilschnelle Bewegung ließ ihn mit doppelter Schärfe ihre Wangen peitschen.

Hussah! sagte der Reiter neben ihr, das ist ein lustig Reiten, schöne Frau – ist's nicht? Hört Ihr, wie meine Meute läutet?!

Ulrike atmete tief auf. Es war ein wimmernder Angstschrei, der dabei ihrer Brust entquoll.

Wo ist deine Zuversicht, Weib? fuhr der wilde Reiter fort: fasse dich! Ahasver hat dich erschreckt mit den Geistern der Toten, die er dir zeigte. Ich will sie dir verhüllen und dich nichts erblicken lassen als die Geister der Lebenden. Deine Prüfung soll leichter sein!

Der Reiter sagte diese letzten Worte mit einem Ausdruck, der wie tiefer Hohn klang.

Die Richtung, in welcher sich der gespenstische Zug fortbewegte, war derjenigen, in welcher Ulrike vorher geführt worden war, gerade entgegengesetzt. Wäre es Tag gewesen, so hätte sie in dem Gewirre der dunkel beschatteten Täler und der Hügel unter sich die waldbewachsenen Höhen des Frankenlandes erkennen können. So aber erkannte sie nichts als die düsteren Umrisse der Tiefen und Höhen, der Wälder und der Ebenen, über die sie rastlos dahinbrausten. Dies alles aber war bei dem dämmerigen Mondlicht so verschwommen in ein und dasselbe nächtliche leichenhafte Grau, daß es aussah wie eine von allem Leben verlassene Schöpfung, wie ein ödes Gefilde, über welches der Tod geschritten. Diese Erde, die mit endlos ausgedehntem Horizont sich da unten in die Nacht erstreckte, von der kein Ton und kein Laut empordrang, als höchstens ein klagendes Geheul des Windes aus den Waldwipfeln der höchsten Höhen, über welche der Zug dahinfuhr, – diese öde, traurige Erde schien wirklich in den Banden des Todes zu liegen, oder unter einem Fluche erstarrt zu sein, der auf sie gefallen, um sie ewiger Verlassenheit zu überliefern. Und als würde dieser Welt der Trauer und des Sterbens der Bote dieses Fluches gesandt, schwebte der Zug des wilden Heeres mit lautgellendem Hohnrufen, mit langgezogenen Hifthornklängen, mit wuterfülltem Rüdengeheul und mit all seinen grauenhaften entsetzlichen Nachtgestalten über die dämmerige Schädelstätte dahin.

Nach einer Weile schimmerte in der Ferne ein weißes Gewässer auf. Der Mond trat aus Wolken hervor, so daß es wie ein silberglänzendes, weit ins Land hineingeworfenes Band erschien. An seinem Ufer, auf einem Hügel, der das Stromtal beherrschte, hoben sich dunkle Umrisse von Mauern, Türmen, Giebeln aus hohen Pappelgruppen und Baumwipfeln empor.

Es war eine düster dräuende Masse, in der Ulrike, so wie sie näher kam, immer deutlicher die einzelnen Bauteile eines großen und schönen Schlosses erkannte. Zugleich senkte sich der Flug der Rosse. Der Wille des Rodensteiners schien so ohne Zuruf und Zügelruck zu lenken. Sie schwebten immer niedriger und langsamer, bis sie dicht an einer matt erleuchteten Fensterreihe des Palastes vorüberzogen, während oben, über die Türme und Essen des Gebäudes fort, der Tross dahinstürmte.

Blick hinein! sagte der Rodensteiner zu Ulrike, und diese warf, unwillkürlich gehorchend, einen Blick in den erleuchteten Raum des Schlosses. Sie sah einen Mann im Nachtgewande neben einer Wiege stehen, in welcher ein Kind schlummerte. Im Hintergrunde schlief eine Wärterin in einem Armsessel. Der Mann war heimlich herbeigeschlichen, um das Kind zu erdrosseln, das seinem habgierigen Verlangen nach einem großen Erbe im Wege stand. Aber er hatte nicht den Mut, die Tat zu begehen. Ulrike blickte in seine Züge und las in diesen jeden seiner Gedanken. Sein ganzes Innere lag offen vor dem Blick da, welchen sie auf ihn richtete. Sie sah die Seele ohne die Maske des Körpers. Trotz aller Schrecken dieser Nacht war etwas so namenlos Widriges, Abscheuliches noch nicht vor ihrem Auge aufgetaucht, wie der Anblick dieses vor ihr wie durchsichtig gewordenen Mannes.

Die schnaubenden Rosse trugen sie weiter. Sie nahten sich den düster aufragenden Mauern und Türmen einer Stadt, aus deren Fenster nur hier und da noch ein schwaches, falbes Licht schimmerte, während in den engen und gewundenen Gassen alles Leben erstorben war. Ein paar jener erleuchteten Fenster, aus denen ein helleres Licht quoll, ließen in das Innere eines hohen Hauses nahe am Tore blicken.

Der Flug der Rosse hemmte sich den glänzenden Scheiben der Fenster gegenüber. Ulrikens Blicke drangen wie unwiderstehlich gezogen, forschend in das erleuchtete Gemach. Eine Gesellschaft von vier Personen saß darin um einen runden Tisch gereiht. Sie spielten. Der Bankhalter war ein hochgewachsener Mann, mit kahler Stirn, großer Habichtsnase und einem Mund, der fast ohne Lippen war. Ulrikens wunderbar geschärftes Auge drang wieder bis in das Innere seiner Seele. Es war eine Seele, die sich ein Vierteljahrhundert lang in Sünde und Laster groß gesogen hatte, zu einer Gestalt von so furchtbar verzerrten, höllischen Zügen, daß ihre Häßlichkeit das scheußlichste Gewürm, das modererfüllte Abgründe oder der Schlamm der Verwesung nähren, weit hinter sich zurückließ. Von den andern Spielern trug einer, der jüngste, den Ausdruck unendlicher Leere und Öde in seinem Gesichte. Was aus seinem Auge sah, war weniger als das, was aus dem Auge eines Schafes blickt, es war das helle Nichts. Auch war nichts weiter bei ihm sichtbar, als dieser äußere Ausdruck. Er war nur Maske. Die zwei andern waren Menschen, die sich durch eine glückliche Flucht aus den Ketten gerettet hatten, in welchen sie die Gerechtigkeit gehalten. Sie waren unter die Menschen zurückgekehrt mit einem grimmigen Durste, sich an ihnen durch so viel Unheil zu rächen, wie es nur immer in ihrer Macht liege. Ihre Seelen, deren Gestalten, wie des Körpergewandes aus Fleisch und Blut entkleidet, vor Ulrikens Augen in nackter Scheußlichkeit dastanden, zeigten ein Gemisch von Verzweiflung, Blutdurst, Empörung, Zerstörungslust und Wut gegen Gott, daß dieser Anblick durch seine unaussprechliche Widrigkeit alles übertraf, was ausschweifende Künstlerphantasien je erfunden haben, um die Sünde, das Laster und das Böse darzustellen, wie es am Tage des Weltgerichts dem Schlunde der Hölle entquillt, oder sich einsamen Asketen naht, um sie zu versuchen.

Ich kann nicht mehr! sagte Ulrike mit einem herzbrechenden Schrei, als ihr Auge über diese letzte Erscheinung fortgeglitten war.

Du kannst nicht mehr? tönte eine Stimme voll Hohnes von dem nächtlichen Reiter an der Seite des unglücklichen Weibes her. Du kannst nicht mehr? Und doch zeige ich dir keine Grauengespenster der Toten wie Ahasver, sondern nur deine Mitgeschöpfe, nur lebende Menschen, wie sie sind ohne ihre Hülle von Fleisch und Blut.

Oh, die Toten sind unendlich weniger grauenhaft als die Lebenden! Dort unten um jene Kirche seh' ich Grabhügel aufgeworfen und Kreuze im Mondschein blinken. Laß mich dorthin flüchten, zu den Toten auf dem Friedhofe!

Du sehnst dich zu den Toten! sagte der Rodensteiner mit einem furchtbaren, Ulrike ins tiefste Mark schneidenden Hohnlachen. Ich glaube es. Glaubst du, ich täte es nicht?! Aber weiter – weiter – Hussah, mein wütendes Heer!

Die Höhenzüge und Wellungen des Bodens, welche Ulrike bisher unter sich wahrgenommen hatte, hörten nach und nach auf. Eine unendliche Ebene, nachtbedeckt und öde, nur hie und da von dunklen Fichtenwaldungen durchschnitten, dehnte sich unter ihr aus.

Dort unten, fern in jenem Burghaus, das du aus dem Tannenwalde sich erheben siehst, sagte der Rodensteiner nach einer Weile, sitzt ein Gefangener im Kerker, der mit Tagesgrauen gerädert werden wird. Blicke ihn an – wir wollen daran vorüber.

Erbarmen – ich kann nicht! stöhnte Ulrike.

Ist das dein Mut, Weib? Fasse dich. Denke bei seinem Anblick, so häßlich er sein mag: der Elende ist ja da, um nach wenigen Stunden auf ewig vernichtet zu sein!

Auf ewig vernichtet?

Ja! Glaubst du, diese Seelen, die ich dir zeige, gingen zu den Toten? Ins Land der Toten gehen wenige. Nur die Starken überleben das Sterben, nur ganz ungebrochene Seelen. Die andern hören auf.

Sahst du nicht jenen Spieler, dem das Nichts aus den Augen blickte? Was ist in ihm, das kräftig genug wäre, das Sterben zu überstehen? – Da ist der Kerker.

Die Rosse sausten dicht an den Wipfeln einer kleinen Waldung dahin. Dann senkten sie sich zu einem altertümlichen, von dreifachen Wassergräben umgebenen Gebäude hinab. Ulrike fühlte sich an einem vergitterten Fenster vorübergetragen, durch das sie einen Blick warf, der wieder wie magnetisch in die dumpfe, von einer Lampe erhellten Zelle hineingezogen wurde. Aber diese Prüfung war zu stark. Sie sank wie gebrochen auf ihrem Sattel zusammen. Ihre letzten Kräfte drohten sie zu verlassen.

Da war es, als ob ein unsichtbares Etwas, ein ihre ganze Gestalt durchdringender Anhauch irgendeines Wesens sie neu belebe und stärke. An ihrer Seite nahm sie zugleich einen in gleicher Höhe mit ihr fortflatternden dunklen Schatten wahr.

Hast du genug, kühne Frau? Bist du des Lustritts müde? kicherte eine heisere, meckernde Stimme. Es war die Stimme des Schwarzen.

Rette mich, o rette mich! stammelte Ulrike.

Um jeden Preis?

Um jeden Preis!

So laß sie fahren, laß sie hinunter, Hackelberg! sagte der Schwarze gebietend.

Gibst du die Wette verloren, schwaches Geschöpf?! höhnte der Rodensteiner. Nimm deine Kraft zusammen und ich will dir tausendmal Besseres zeigen, als ich dir zeigte. Ich will dich an Königsburgen vorüberführen und dich die Hirten der Völker sehen lassen, deren Leben nichts ist, als ein großes Gastmahl Belsazars und ein Spottgesang auf die dräuende Hand, die ihr Urteil an die Wände der Zwingburgen schreibt. An die Tore der Spitäler, wo die Verstoßenen an der großen Krankheit „Elend" sterben, an die Sterbebetten der Verbrecher, welche in Glanz und Ehren prunkten, will ich dich tragen. Vorüber an der Höhle der Verschwörer und an der Kammer des Lasters. Dann erst wirst du sagen können, daß du die Geister der Lebenden gesehen hast, und daß an Schrecklichem gegen sie die armseligen Geister der Toten, die über ihrem Grabe büßend die

Hände ringen, sind, was ein Funke gegen einen Vulkan, ein Tropfen gegen das Meer, ein Taubenei gegen den Erdball. Komm!

Ich vergehe! Ich vergehe! klagte Ulrike.

Gehorche, Hackelberg – hinab! sagte der Schwarze drohend.

Nicht eher, als bis sie im Bereiche des Totenschiffes ist, antwortete der wilde Jäger. Hussah!

Er wandte sich noch einmal im Sattel zurück, schwang seine Hetzpeitsche und mit Sturmeseile tobte nun das wütende Heer schnaubend und brausend über die lichtlose Ebene fort. Ulrikens Auge entdeckte endlich einen fahlen Strich in weitester Ferne, über welchem das erste Grauen der Dämmerung aufschimmerte. Dieser Strich wurde breiter und heller. Er umspannte immer weiter und weiter den Horizont – Ulrike erkannte das Meer.

Zugleich senkte sich wieder allmählich der Flug der Rosse. Nach und nach kamen sie dem Boden, der aus einer unabsehbaren Sand-fläche bestand, so nahe, daß ihre Hufe die Spitze des Sandhafers und der ärmlichen Halme berührten, welche die einzige Vegetation dieser öden Ufergegend bildeten. Noch war eine schmale Reihe von sandigen Hügeln zurückzulegen. Bald lagen auch sie hinter den Hufen der pfeilschnellen Renner. Schneller als der Gedanke ist, fühlte Ulrike sich nun aus dem Sattel gehoben und auf dem Abhang einer Düne, auf den weichen feuchten Sand niedergesetzt.

Ulrike hatte ihr Gesicht in ihren Händen begraben. Sie kniete auf dem festen Ufersande und flehte Gott um Fassung an.

Der Schwarze, der ihr fortwährend nicht von der Seite gewichen war, unterbrach sie.

Blicke auf – sieh her! sagte er und legte seine lange magere Hand auf ihre Schulter, während sein anderer Arm weit hinaus auf das graue, rollende Meer deutete, über dessen Horizont eben ein kaltes Gelb das Nahen der Morgenröte ankündigte. Ein Schmerz durch-zuckte Ulrike an der Stelle, wo die schwere, knöcherne Hand sie berührte. Sie blickte auf und folgte mit dem Auge der Richtung, nach welcher die hohe und schmale, schattenhafte Gestalt, die vor ihr stand, deutete. Sie sah dort die schwankenden Umrisse der Segel eines großen Schiffes, die auf und nieder tauchten über den hochgehenden und schaumgekrönten Wogen, und die größer und deutlicher wurden, sowie sie näher kamen. Bald wurde auch ein schwarzer Schiffsrumpf sichtbar, von schwerer und plumper Form, wie ein massiger, breitgewölbter Bau. Das schimmernde, weißgebleichte Segeltuch war vom Winde hoch aufgebläht und doch fuhr das Schiff so rasch und leicht, wie der Flug einer Möwe, gerade und schnurstracks wider den Wind an, der vom Lande her blies.

Da ist van der Decken – sagte der Schwarze mit seinem meckernden Lachen. Wenige Augenblicke noch und du wirst an seinem Bord die Mannschaft seiner alten Seehunde wahrnehmen können. Der fliegende Holländer segelt mit dem Sturme um die Wette. Glückauf zu deiner Fahrt! Er wird dich nach Afrika, an die Goldküste, bringen, wo er zuerst den Handel mit Menschenfleisch einführte, der schlaue Spekulant, dann nach Cuba und Domingo, wo er seine erste Ladung von schwarzem Negervieh gegen Gold umsetzte, nach dem Kap der Guten Hoffnung, das er einst, als ihn der Sturm zurückschleuderte, umfahren zu wollen schwur, trotz Wind und Strömung, trotz Blitz und Donner, trotz Gott und Teufel, und wenn er bis zum jüngsten Tage segeln müsse! Er segelt nun bis zum jüngsten Tage. Glückauf zur Fahrt, Weib! Du wirst jetzt auch die Bewohner des Ozeans und der Tiefe, in die noch kein Menschenauge drang, erblicken können!

Das dunkle Geisterschiff schwebte näher und näher. Schon wurden einzelne Teile des Baues sichtbar, während es mit der breiten schwarzen Brust majestätisch und drohend, wie ein lebenerfülltes Ungeheuer die Kämme der brausenden Wogen überstieg. Auf die geblähten Linnen der höchsten Segel hatte sich ein rotgelbes Glänzen gelegt. Es war der Schein der Morgenröte.

Blicke hin – fuhr der Schwarze fort – van der Decken steht vorn am Bug, und wenn du dein Auge ein wenig anstrengst, kannst du sehen, wie er dir mit dem Arme winkt. Hinter ihm stehen weiße, ausgebleichte Gesellen mit hohläugigen Köpfen.

Hast du mich dazu gerettet?! stammelte Ulrike verzweifelnd.

Der Schwarze antwortete mit seinem meckernden Hohnlachen. Dann sagte er: Nur getrost. Du weißt, daß ich dir nah und dein demütiger Diener bin. Du hast mir deine Seele dafür gelobt, daß ich dich von Ahasver errettete, doch fehlt mir deine Handschrift noch mit einem Tröpflein Blut, damit der Pakt gültig werde.

Er zog bei diesen Worten einen Streifen Pergaments aus seinem langen dunkeln Schülergewande hervor und rollte ihn vor den Augen Ulrikens auf. Der erste Strahl der Sonne, deren oberster Rand in diesem Augenblick über der Wasserwüste emportauchte, fiel purpurrot auf blutige Schriftzeichen.

Als Preis der Rettung aus der Gewalt Ahasvers hast du mir deine Seele gelobt, als den Preis der Rettung aus der Gewalt des wilden Jägers habe ich nur hinzugesetzt, daß du mir auch die Seele deines Kindes überlässest, fuhr der Schwarze fort. Unterschreibe das – und damit du siehst, der Teufel ist edel und großmütig – sollst du dann ohne weiteren Preis frei sein, auch von jenem, dessen Kiel jetzt der Brandung naht.

Was – die Seele meines Kindes?! schrie Ulrike, entsetzt auffahrend und beide Hände wie zur Abwehr gegen den Versucher ausstreckend, – das hast du geschrieben? – Mein Kind, mein Kind willst du, Satan?! Nein, nein, nimmermehr! Zerreißt mich! Taucht jede Faser meines Leibes in eine neue Qual! Stürzt mich in ein Meer von Grauen und Entsetzen – meines Kindes Seele bekommst du nicht! Weiche von hinnen, Verfluchter, ich habe nichts mit dir zu schaffen, – da ist deine Blutschrift, da!

Ulrike hatte diese Worte, während welcher sie die Schriftrolle des Teufels in kleine Stücke zerriß und ihm ins grinsende, wutfletschende Antlitz schleuderte, mit einer an Wahnsinn grenzenden Leidenschaft ausgerufen. Sie hatte die letzte Kraft ihrer gefolterten Seele, den letzten Odem ihrer Brust dazu aufgeboten. Jetzt fiel sie ohnmächtig auf den Sand der Küste. Die Sonne, die währenddes siegreich und einen Strom von Helligkeit auf das Meer und die Dünen ausgießend, sich erhoben hatte, hüllte die Gestalt des schönen, unglücklichen Weibes in ein Gewand von glühenden Lichtstrahlen.

Der Teufel trat zur Seite in den lang hinflatternden Schatten, den die Segel des „Fliegenden Holländers" auf das Gestade warfen. Dort erhob er zähneknirschend seinen langen schmalen Arm mit der dürren Hand, wie zum Zeichen für den nahenden Seefahrer.

Von dem Totenschiffe her schnitt ein leichter schmaler Nachenpfeil schnell durch die Brandung und kam ans Ufer. Im nächsten Augenblicke stand van der Decken neben dem bewußtlosen Weibe. Wer diese Gestalt in Saus und Braus der Augsburger Tage gesehen, der hätte sie nicht wieder erkannt, wie sie jetzt, in weiten dunkeln und verwitterten Schiffergewändern, aus alter Zeit, einen rostbedeckten Dolch an der Seite, einen zerfetzten Spitzhut mit halb abgerissener Feder auf dem breitstirnigen Haupt, am Rande der unermeßlichen Wasserwüste dastand, die unter dem breiten Guß der Sonnenhelle sich zu glätten und zu ebnen begann. Es lag ein Ausdruck von unergründlicher Trauer in den wasserblauen stieren Augen, die mit einer Art von düsterer Teilnahme auf Ulrike Haßbeck niederblickten.

Nimm sie! rief ihm der Schwarze zu. Nimm sie in deine alte Galeere und fahre mit ihr über deine Meerestiefen dahin! Sie hat noch ein Restlein Muts in Vorrat. Sie will noch eine Prüfung.

Er deutete bei diesen Worten mit seinem grimmigen Hohnlachen auf die Stücke des Pergaments, die am Boden lagen. Van der Decken schüttelte langsam den Kopf.

Der Prüfung ist genug! sagte er. Sie hat sie überstanden. Sie hat größere Kraft als die eines Mannes gezeigt. Ein Mann, der dir seine Seele übergeben, hätte auch seines Kindes Seele nicht geschont, in solcher Drangsal und Not! Sie war stärker, als irgendein Mann, als wir, als du! Sie soll heimkehren. Du, alter Lindwurm, hast den Anschlag gemacht. Ihr Stolz und ihr Hochmut sollten sie in deine Hände fallen lassen. Jetzt stehst du geprellt, denn sie hat dich überwunden. Die Mutter in ihr ist stärker denn du und all unsere Schrecken. Nun sorge auch, daß sie ungehärmt und heil heimgelangt. Lasse sie heimtragen durch die Geister, die dir dienen!

Der Schwarze stieß einen heftigen Laut des Zornes aus. Dann begann sich seine Gestalt zu verflüchtigen und zu zerrinnen, als ob sie in den Schatten am Boden zerfließe, bis sie in wenigen Augenblicken mit einem letzten Ausruf des Grimmes verschwunden war. –

Als Ulrike aus ihrer Ohnmacht, die nach und nach in einen tiefen Schlummer übergegangen zu sein schien, erwachte, war es heller, später Tag. Sie befand sich wieder in ihrem Schlafgemach, im warmen Bette, als ob sie nie ihr Haus am Frohnhof zu Augsburg verlassen. Ihr gegenüber stand das kleine Korbbett ihres Sohnes, dessen ruhige Atemzüge sie vernahm – Laute, welche sie mit einer unendlichen Freude durchströmten. Sie hatte das ganze Erlebnis der Nacht für einen schweren Traum halten können, aber auf einem Tische vor ihrem Bette erblickte sie eine ihr gehörende Silberschale, in welcher ihre verpfändeten drei Goldreifen lagen. Als sie sich erhob und zufällig ihre Augen ihrem Bilde im Spiegel begegneten, da nahm sie zu ihrem Schrecken wahr, daß ihr schönes rabenschwarzes Haar grau geworden und daß ihre Züge um Jahre gealtert waren.

Wie sie heimgekommen, darüber vermochte sie trotz allen Besinnens keine deutliche Vorstellung in sich zu erwecken. Nur dessen erinnerte sie sich, daß ihr im Traume gewesen, als ruhe sie auf etwas Dunklem, mit ihr Dahinschwebendem, und als würde sie so in wildschnellem Flug durch die Lüfte getragen. Ob sie dabei auf einem Mantel oder einem brausenden Rosse geruht und ein wildes Gewirre phantastischer Gestalten und schauerlicher Bildungen sie lärmend umgeben, oder ob diese letztere Vorstellung, die sie nicht wieder abzuschütteln vermochte, sich durch den Ritt mit dem wütenden Heere ihr eingeprägt, darüber gelang es ihr nie, zur Klarheit zu kommen.

Ulrike Haßbeck hatte jene Grauennacht, in der sie so schweres Lehrgeld für die Lehre, wo des Weibes Stärke ruht, geben sollte, nicht sehr lange überlebt. Ihre letzten Tage waren zwischen frommen Übungen und der Erziehung ihres Sohnes geteilt. Sie ist um das Jahr 1705 gestorben und ruht auf dem St.-Anna-Kirchhofe in Augsburg.

Über den Autor

Geb. 6. 9. 1814 Meppen; gest. 31. 8. 1883 Bad Pyrmont.Der Sproß eines westfälischen Patriziergeschlechts wuchs im Jagdschloß Clemenswerth (Emsland) auf. Nach einem Jurastudium war der Freund vonAnnette von Droste-HülshoffundKarl Gutzkow1841/42 Bibliothekar auf der Meersburg, 1842/43 Erzieher beim Fürsten Wrede in Ellingen, 1843-45 Redakteur der Augsburger »Allgemeinen Zeitung«, 1845-52 Feuilletonchef der »Kölnischen Zeitung«. Als Reisejournalist berichtete er 1846 aus Paris, 1847/48 aus Rom und Neapel. Seit 1852 lebte er als freier Schriftsteller auf seinem Gut in Sassenberg, ab 1857 zeitweise im nahen Münster, nach 1874 in den Wintermonaten in Rom.

Über tredition

Eigenes Buch veröffentlichen

tredition wurde 2006 in Hamburg gegründet und hat seither mehrere tausend Buchtitel veröffentlicht. Autoren veröffentlichen in wenigen leichten Schritten gedruckte Bücher, e-Books und audioBooks. tredition hat das Ziel, die beste und fairste Veröffentlichungsmöglichkeit für Autoren zu bieten.

tredition wurde mit der Erkenntnis gegründet, dass nur etwa jedes 200. bei Verlagen eingereichte Manuskript veröffentlicht wird. Dabei hat jedes Buch seinen Markt, also seine Leser. tredition sorgt dafür, dass für jedes Buch die Leserschaft auch erreicht wird.

Im einzigartigen Literatur-Netzwerk von tredition bieten zahlreiche Literatur-Partner (das sind Lektoren, Übersetzer, Hörbuchsprecher und Illustratoren) ihre Dienstleistung an, um Manuskripte zu verbessern oder die Vielfalt zu erhöhen. Autoren vereinbaren direkt mit den Literatur-Partnern die Konditionen ihrer Zusammenarbeit und partizipieren gemeinsam am Erfolg des Buches.

Das gesamte Verlagsprogramm von tredition ist bei allen stationären Buchhandlungen und Online-Buchhändlern wie z. B. Amazon erhältlich. e-Books stehen bei den führenden Online-Portalen (z. B. iBookstore von Apple oder Kindle von Amazon) zum Verkauf.

Einfach leicht ein Buch veröffentlichen: **www.tredition.de**

Eigene Buchreihe oder eigenen Verlag gründen

Seit 2009 bietet tredition sein Verlagskonzept auch als sogenanntes "White-Label" an. Das bedeutet, dass andere Unternehmen, Institutionen und Personen risikofrei und unkompliziert selbst zum Herausgeber von Büchern und Buchreihen unter eigener Marke werden können. tredition übernimmt dabei das komplette Herstellungs- und Distributionsrisiko.

Zahlreiche Zeitschriften-, Zeitungs- und Buchverlage, Universitäten, Forschungseinrichtungen u.v.m. nutzen diese Dienstleistung von tredition, um unter eigener Marke ohne Risiko Bücher zu verlegen.

Alle Informationen im Internet: **www.tredition.de/fuer-verlage**

tredition wurde mit mehreren Innovationspreisen ausgezeichnet, u. a. mit dem Webfuture Award und dem Innovationspreis der Buch Digitale.

tredition ist Mitglied im Börsenverein des Deutschen Buchhandels.

Dieses Werk elektronisch lesen

Dieses Werk ist Teil der Gutenberg-DE Edition DVD. Diese enthält das komplette Archiv des Projekt Gutenberg-DE. Die DVD ist im Internet erhältlich auf **http://gutenbergshop.abc.de**